괴로움 뒤에 오는 기쁨

나남출판

한 택 수 (韓澤秀)

1950년 강원도 강릉에서 태어났다.
1985년 《심상》(心象)을 통해 시단에 나왔으며,
시집 《폭우와 어둠 저 너머 시》(1990),
　　《그리고 나는 갈색의 시를 썼다》(2000)를 펴냈다.
현재 서울경제신문 편집부 근무.

나남시선 67

괴로움 뒤에 오는 기쁨

2005년 3월 15일 발행
2005년 3월 15일 1쇄

저자_ 韓澤秀
발행자_ 趙相浩
디자인_ 이필숙
발행처_ (주) 나남출판
주소_ 413-756 경기도 파주시 교하읍
　　　 출판도시 518-4
전화_ (031) 955-4600 (代)
FAX_ (031) 955-4555
등록_ 제 1-71호(79. 5. 12)
홈페이지_ www.nanam.net
전자우편_ post@nanam.net

ISBN 89-300-1067-9
ISBN 89-300-1069-5 (세트)
책값은 뒤표지에 있습니다.

나남시선 · 67

괴로움 뒤에 오는 기쁨

한택수 시선

NANAM
나남출판

自 序

신작 〈음악을 부른다〉 연작과 〈북촌 일기〉 연작을 책머리에 얹으면서 어줍잖게 시선집을 엮는다.

이제 나를 알 수 있을 것 같다, 하는 생각이 문득 들지만 시는 역시 저 멀리에 있다. 이 책의 제목《괴로움 뒤에 오는 기쁨》은 연작시 〈북촌 일기 2〉에서 따왔다. 이젠 진정 시의 기쁨과 삶의 기쁨을 노래하고 싶다.

2005년 3월
한 택 수

한택수 시선

괴로움 뒤에 오는 기쁨

차 례

제 2 부

제 3 부

제4부

제 1 부

음악을 부른다 1
첫눈

(리듬이 없다. 그것이 없다는 것은 삶이 아니다.… 그러나 과연 그럴까?)

그해 크리스마스 이브였다. 눈은 명동(明洞) 언덕을 점, 점, 점 … 내리고 있었고, 나와 그는 잠자리를 잡듯 눈을 잡으려고, 잡으려고 손을 내었다. 손바닥을 새어나가는 저녁 어스름과 눈빛 언어들, 그리고 내 작은 자유(自由)의 웃음!

눈은 자꾸 내리었다. 저 멀리 희미한 책갈피에서 명동 언덕으로 성당 종소리로 내 마음의 구석으로 눈은 소리없이 내리었다.

내리는 눈은 희고 맑게 나를 비추이며 젖어들었다. 나는 하나의 과거의 석상(石像)이다. 잊혀진 등허리이다. 아니 나는 현재의 나일 뿐 과거나 미래는 없다. 눈은 다만 내리는 것이다.

시는 순간을 노래하는 것이다. 순간의 음악을 붙잡는 것이다. 그러나 지금은 눈이 오고 있다.

음악을 부른다 2

별

별의 이야기를 쓰고 싶다. 별엔 낮과 밤의 경계를 넘은 소망이 살아 있다. 밤과 낮을 넘어 존재와 무한을 넘어 퍼덕이는 언어가 살아 있다.

그 별의 이름은 자기 자신이다. 함몰된 나이테와 휘어진 나뭇가지를 거느린 자아이다.

어느 날 별의 이야기는 풍경처럼 다가온다. 커다란 신문지에 박혀 있는 말, 말, 말들… 나 또한 거짓 없이 살 수밖에 없다.

언어는 자기 자신을 말하지 않지만, 자아란 언어일 수밖에 없다.

나 또한 별의 이야기를 쓰고 싶다. 별은 미지의 세계를 밤하늘에 만들고, 이윽고 내 눈이 별이 됨을 나는 보았다.

별은 나와 함께 작은 언덕 위에 살고 있었다.

음악을 부른다 3
K에게

내가 읽은 것은 평론가들의 논리의 모순이다. 비가 내리고 밤이 온다. 바람이 불고 가을이 온다.

나는 말의 육체에 내 자신을 숨기었고, 그들은 산과 파도를 이야기했다.

꽃잎보다 더 높이
음악은 흘렀고,
몸 바깥으로 피어나는 언어를 나는
노래했다.

별똥별을 주우러 산을 넘던 날이 생각난다.
더 멀리는 지평선의 형평(衡平)이 흔들렸다.

음악을 부른다 4
시를 읽는 시간은 행복하다

시를 읽는 시간은 행복하다. 나는 멀리 본다. 시를 멀리 볼 수 있다.

나 또한 무한을 보고 있다. 이젠 가고 없는 추억의 빈 터에 내려앉는 언어, 건너가는 바람결의 말 —. 인생은 아름다웁다.

무한의 가장자리에 무변(無邊)이 있다. 눈이 내린다. 한 번 가선 돌아오지 않는 것들에도 눈은 내린다. 언어만이 조용히 쌓인다.

삶과 바다의 경계에서
갈매기는 시간을 넘나들고,
언어엔 소금기가 배어든다.

이 세상을 읽는 데엔 더 많은 시간이 필요하다. 그 시간들은 온통 시로써 채워져 있다. 다시 눈이 내린다.

음악을 부른다 5

동해에서

나의 세계는 동해에 있다. 강원도 동쪽 끝 산자락과 파도 소리에 있다. 동해는 푸르고 거칠게 우짖는다. 바람이 짙푸르게 분다.

산에서 바다까지 기차는 흘렀다. 나는 기차 안에서 시를 읽고 인생을 보았다. 바람이 불고 햇볕이 비쳐든다. 청춘은 아름다웠는가? 내 조용한 눈물은 강이 되었는가, 바다가 되었는가?

구름과 새들은 저마다 그들의 창공을 열었고, 처마 밑어린 새끼들은 보이지 않는 세상을 엿보곤 했다. 그 울음의 얼룩이 수평선 가까이 맺히었다.

동해는 푸르게푸르게 일렁인다. 내 울음처럼, 하늘을 가로지르는 바람과 구름처럼 동해는 움직인다. 그리움이 시작되는 곳에 사람들은 하나, 둘 모여들고 저마다 자기 자신에게 안긴다.

파도처럼 나를 일렁여본다. 산과 바다를 뒤틀어본다. 뒤집고 젖히고 나눈다. 저 말없는 해를 안으려고 물결을, 언어의 결을 밀어올린다. 내 가슴은 동해에 와 있다.

음악을 부른다 6
거울

거울이 나를 본다. 나는 거울을 보지 않는다.

나는 내 마음이 얼음장같기도 하고, 빛이 되비치는 수
평선 같았으면 한다.
나는 내 마음이 녹슨 거울에 비친 내 얼굴같다고 할지
라도
내 삶 뒤에 서 있는 감나무 잎새의 흔들림이 있어 안심
한다.

나는 내 삶이 큰 파도의 바다를 저어 왔다고 생각한다.
다른 이들의 삶이 그렇듯, 결정(決定)과 반대의 흔들림
끝에 바닷가에 다다랐다고 생각한다.

나는 비로소 거울을 본다. 내 자신을 반대할 수 없다.
저 먼 빛이 거울에 담긴다.

삶 위에 또 다른 삶이 비쳤지만
언어는 그것을 긍정하지 않았다.
언어는 언어 그 자신을 노래했다.

밤 파도를 헤쳐온 아침은 푸르스름한 고요함이다.

그러나 내 꿈이 여전히 살아 있다는 건 예사롭지 않다. 거울은 대답하지 않는다.

음악을 부른다 7
4행시

나는 이 4행시를 딸에게 주고 싶다.
이미 너에게 준 습작이 있기에 마음은 가볍다.
그리고 내가 쓰는 이 시는 내 아버지로부터 받은
시이기도 하다.

인생에는 아침이, 그리고 한낮이 있고 봄과 여름이 오
듯
자기 자신을 모르고 사는 때는 아름다웠지만,
사람은 누구나 자기 세계를 알게 되고
또 고독해야 하는 것이다.

그러나 자기 세계를 알기까지 먼 길을 걸어야 했고
돌부리에 부딪혀야 했고, 비구름이 내릴 때도 있었다.
그렇게 아쉬움과 서글픔들이 겹쳐져서
무지개의 테두리를 이루는 것이다.

달은 비구름을 밀치고 떠 있어 아름답고
나무는 서서 흔들려서 더 아름답다.
그리고 우리도 서서 흔들리며
숨어 사는 바람결을 맞는다.

너는 자아에 도취하지 말아야 한다.
자아는 스스로의 함정이며, 그물이기 때문이다.
나는 그렇게 생각한다.
자아란 타인의 거울일 뿐이라고.

천사는 오극란*으로 떠났고
나는 구름 연(鳶)을 더 높이 띄운다.
네 키보다 높은 귓가에 맴돌도록
노래의 종(鐘)을 흔든다.

지난 일요일 TV영화**에서 오누이를 보았다.
저 먼 나라 이란의 초등학교 아이들,
신발 한 켤레를 서로 신고 벗어주고 하며
학교로 달려가곤 했다.

그 아이들은 글씨를 오른쪽에서 왼쪽으로 쓰면서
"오리들은 호수에서 거북이를 데리고
하늘 높이 날아올랐습니다" 하고 받아쓰기도 했다.
하늘보다 맑은 얼굴들을 그날 나는 보았단다.

운문(韻文)은 겸손한 것이어서

자기 자신을 모두 이야기하지 못한다.
그러나 행(行)을 가르고 침묵하며 때로 뒤돌아서서
말의 귀퉁이를 다듬는다.

동산 저쪽 푸르름의 풀밭에 양떼들이 몰려가고
꽃잎들이 눕고 웅덩이가 고여 있는 곳,
남십자성이 더 가까이 내려올 때 우리는
다시 모여 살리니.

* 오극란(奧克蘭) : Auckland, 뉴질랜드 제1 도시.
** 〈천국의 아이들〉 : 1997년 이란 청소년지력향상협회 제작.

음악을 부른다 8
몽상

일곱 살 적에, 내 마음이 시냇물 속의 차돌처럼 굴러다
닐 때
낮은 지붕 밑 내 이마의 음악이 동네를 휘저었고,
밤이 왔고, 가을은 저 멀리 서 있었다.

그 일곱 살 적에 소설(小說)은 탄생했고,
가장자리를 빛의 어스름으로 장식하는
운(韻)을 나는 밟았다.

바람이 잦아드는 여름날 나는 시냇가로 나아갔고
어린 돌 틈을 또 들추곤 했다.
물총새의 울음소리가 하늘을 가로질러 갔다.

밤이여. 조용한 아침이여. 인생의 천체(天體)여.
혹은 잘못된 시험(試驗)과 살결의 언어는 논둑길에 불
섶을 이뤘고,
이윽고 내 자신을 만들어갔다.

대기(大氣) 앞의 아득한 눈.
아아, 나는 밤과 아침의 정적(靜寂)으로 내 인생을 그
려보려 했다.

한밤의 소용돌이가 폭풍우처럼 밀려올 줄 모르는 채 나는
달과 별의 순한 빛 뺨을 그리워했다.

그리고 밤이 왔다. 어두움의 빛살을 헤치며 나는
바다로, 바닷가로 나아갔다. 바다 위엔 내 얼굴이
출렁이며 서 있을 것만 같았다. 빛의 탑(塔)처럼
폭풍우와 검은 파도 속에 빛으로, 빛의 아들로
서 있을 것만 같았다. … 그것은 몽상이었다.

그러나 나는 인생을 사랑했다. 사랑 이상의 사랑으로 나는
바닷가의 노래를 불렀다. 그것이 나의 인생이었다.
달빛도 내 노래의 그리움에 스며들었다.
별빛도 내 노래의 그리움에 스며들었다.

음악을 부른다 9

오극란

더 많은 파도를 건너 너는 있다.
물결 잦아드는 곳에 조갑지처럼
귀를 곧추세우고.

구름 높고 하늘은 멀다.
비를 부르는 풀밭이 한가롭다.
네 작은 꿈이 머문 그곳에
잔물결이 찰랑거린다.

남십자성이 저렇게 밝은 줄 나는 처음 알았다.
파도 건너 이야기를 그리워하면서
나는 밤을 뒤척인다.
내 어리석음 다음엔
너의 지혜가 있을지니.

음악을 부른다 10
경포(鏡浦) 호숫가 갈대의 노래

성공과 실패의 책갈피처럼 파도가 친다.
아무도 말하지 않은 시의 노래를 듣고 싶었다.
길들여지지 않은 작은 입술이여.
낙원의 이쪽에 나는 있고 싶었다.
삶보다 더 멀리 있는 것은 없었지만
나는 자주 이렇게 뒤척이곤 했다.

파도 소리가 나를 부른다.
나는 아버지의 부름을 받았다고 파도가 친다.
파도가 나를 부수면서 물보라를 이룬다.
바다는 나의 아버지처럼 부른다.
존재의 한끝에서 나는 손을 내민다.

이 호숫가의 나여.
먼 바다의 노래를 들으며 수평선의 그리움을 본다.
조용한 달이 떠오르기를 기다린다.
씌어지지 않은 음악처럼 미래는 내 앞에 일렁이고,
멀고 먼 나라들, 모래바람과 강을 건너
내 마음을 나는 잡아당긴다.
파도여. 나의 소리여.
저 먼 날의 꿈이여.

인간이란 작은 노래. 하늘을 향해서
자기 자신을 향해서 이야기하고 묻고,
세계와 바다를 향해 자신의 이야기를 내어놓고,
알지 못할 운명에 대해서도
그림을 그린다. 오후가 가까이 내려앉는다.
파도가 다시 친다.

내 작은 노래가 서 있는 곳, 경포 호숫가에서
나는 물결의 음악을 꿈꾼다.
내 삶의 골짜기처럼 솟아오르는 말의 뜀박질,
내가 가지지 못한 것들에의 욕망,
저 먼 바다의 그리움을.

그날의 앙금들은 가시어졌다.
나는 이제 아픔을 잊는 때가 되었나 보다.
이제 내 눈에 보이는 것은 바닷빛과 내 마음의 폭풍,
오 작은 폭풍의 노래.
파도의 쓰러짐이여.

나뭇잎과 바람이 가을을 일러준다.
떨어지는 것은 계절만이 아니다.

나는 아무에게나 편지를 쓴다.
내 작은 흔들림이 이 호수를 일렁이지 못할지라도
꽃잎과 눈물처럼 떨어진 바람의 언어를
쓸려오는 물결 부스러기들을
나는 맞고 있다고.

물빛을 흔들던 바람은 그 마음속으로 들어갔고
물고기들은 낙원을 벗어나지 않는다.
멀리 날던 새들은 죄를 씻어서
맑은 손을 들어 보이고.
나여. 호숫길을 서성이는 이여.
말 없는 자아를 흔드는 이여.

어느 날 나는 경포대에 갔다.
내가 가지지 못한 것들은 그것마다 아름다웠다.
바다여. 무한의 언어여.
더 멀리 나를 밀어내어라.
파도의 물보라 속으로 나를 밀어내어라.
수평선 끝 네 손이 닿는 곳까지.

푸르른 날들이여.

그날의 파도는 수평선 너머로 갔고
내 가슴 언저리엔 물빛이 남는다.
바다는 저 멀리 넘실거린다.
노오란 달이 빛을 끌어당긴다.

북촌 일기 1

아침부터 흐리다.
엷게 흐린 날씨이면서 더웁다.

사뿐히 접어 올린
비둘기 날개 같은 지붕들을 보면서
왕조(王朝)의 길을 걸어본다.

나는 북촌(北村)*에 잠시 머물러야 하리라.
그레트헨이 나를
여성에게로 이끌 때까지,
말의 자취를 나는 밟아가야 하리라.

이윽고 밤이다. 더 더웁다.
벌써 한여름인가 싶지만
장마를 앞둔 산고(産苦)라는 생각도 든다.

강과 바다의 작은 물줄기 같은 날들이 내겐 있었다.
그 시냇물의 어린 주인이던 시절,
나는 그러나 악(惡)을 알 수는 없었다.
세계는 비와 구름과 낮과 밤의
낙원일 뿐이었다.

나는 그러나 나태(懶怠)의 나날을 보내었고
더 많은 날들을 비와 구름처럼 보내야만 했다.
북촌길을 걸으면서, 하늘을 떠받치고 있는 지붕들을
보면서
저 먼 삶을 다시 꿈꾼다.

---

* 청계천과 종로의 윗동네. 가회동, 재동, 계동, 원서동 등을 일컫
는다.

북촌 일기 2

별궁 돌담길을 비가 내린다.
내 마음 어딘가에 돌담처럼 남아 있는 꿈이
비에 젖는다.

비는 돌담 처마를 미끄러지듯 역사 속으로 스며들고,
나는 돌담길을 천천히 걷는다.

내 마음 어딘가에 비는 내리고,
또 여름은 간다.

처마 밑 치맛단이 물방울에 튄다.
안채에 있을 법한 옷고름은 보이지 않는다.
보이지 않는 꿈이
빗방울처럼 떨어져 흐른다.

괴로움 뒤에 오는 기쁨을
나도 노래하고 싶다.
비는 흐르고,
내 마음도 어디론가 흐른다.

물방울 속에 스러진 그리움,
어린 날들.

북촌 일기 3

비가 온다. 수많은 동아줄이 주룩주루룩 하늘에서 내린다. 빗줄기를 잡아당기면, 저 먼 하늘에서 시의 종(鐘)이 울린다.

빗줄기들이 내 마음에 내려와 흐른다. 고인다. 나를 색칠한다.

수탉이 홀연히 덤벼들고, 새 두 마리가 건너편 나무에 앉는다. 연인도 등장한다. 나는 아직도 꿈꾸는 아들. 꽃가지가 화병 가득하다. 찬란한 빛깔을 풍긴다. 그러나 삶은 꿈이 아니라고, 한낮의 잠깐 동안의 소망을 젖히며 비는 살아 있음을 일깨운다.

도서관의 오후가 기운다.
며칠째 북촌 마을에 비가 내린다.

비가 온다. 내 마음에도 비가 와 운다. 잠시 생각에 잠기는 듯 비는 멎고, 매미들이 하늘을 운다.

북촌 일기 4

길은 굽어져서 바쁘지 않다.
굽어진 길은 언덕 위에서 멈추고,
날개를 단 지붕들은 햇볕을 받는다.
햇볕 알갱이들이 길 위에 깔린다.
비둘기들이 물방울 소리를 낸다.

꺼내 읽지 않은 삶의 책을 읽어주려는 듯
비둘기가 내 곁에 다가온다.
나를 싫어하지 않는다.
나는 그 얼굴을 한참 들여다본다.
과거와 현재가 너와 나의 눈동자 속에 있다.
더 멀리 아직도 꿈틀대는 네 꿈이 보인다.

나는 다시 굽어진 길을 돌아온다.
그 얼굴이 가슴에 남는다.

푸른 비둘기들이 언덕길을 노닐고,
북촌 마을이 아침 햇볕을 받는다.

북촌 일기 5

가회동 성당은 길 건너에 있다.

은근한 햇볕이 유리창마다 비쳐든다.
하늘빛이 낮게 더 낮게 내린다.
물고기가 노닐고, 햇빛과 햇빛 사이로 새가 난다.

내 마음이 차츰 빛에 가려진다.
삼청동 너머에서 숲의 음악이 들려오고,
어느 날의 구름은 술잔에 녹는다.
내 마음이 다시 빛에 가려진다.

성당길을 오르는 사람들,
나직한 기도.

북촌 일기 6

언덕 위에 서면, 나의 고향은, 멀리 바다가 보였다.
바다는 저 먼 그리움을 넘실거렸다.
측백나무 그늘이 내 얼굴을 가리었다.

　북촌 언덕에 서면 언제나처럼 서 있는 숲이 나를 물들
인다.
　나는 여기 이렇게, 꽃잎이나 달로 떠 있지 않고
　짙푸른 빛에 물 젖어 있는 사람,
　봄과 가을, 새들의 날고 앉음과 삶의 진실 같은 것들이
푸른빛으로 아른거린다.

　꽃잎이나 해와 별처럼 나는 떠 있지 않고
　여기 이렇게 그날처럼 물 젖어 있다는 것,
　그것은 나다.

　북촌 언덕에 서면 나뭇잎 뒤에 서성이는 내가 보인다.

북촌 일기 7

가회동 성당은 산언덕이다.
나를 안아주던 보리밭 이랑,
깜부기를 따먹으며 동네로 내려가곤 했다.

생각하는 모든 것들이
잠시 내 자신을 돌아보듯이
한두 마디의 작은 말들에
흔들리던 보리이삭들.

나는 성당 밖에 있다.
아침 바람이 와 머문다.
아마 아직도 나의 마을에 살고 있는 듯
나는 언덕길을 미끄러지며 내려온다.

자기 자신에 대해 아는 것이 많지 않은 사람은
자주 언덕길을 내려갈 것 같다.

북촌 일기 8

북촌 사람들은 너와 같다.
그리고 나와 같다.

안다는 것은 앓는다는 것이기도 하지만,
너무 가까이 있는 너를
나는 알 수 없다.

아지랑이 이는 논둑길이거나
여름밤의 이슬 같은 것,
나는 한때 너에게 그와 같이 그려졌지만
내 스스로를 또 안다고도 하지 못한다.

햇볕과 바람의 질서 안에서
멀고 가까운 너를 본다.
뿌리처럼 감추어진 네 마음을 그리면서.

북촌 일기 9

원서공원에선 지붕들의 지평선이 보인다.
간간이 새들이 날아오르고, 잎사귀들이 눈을 부빈다.
지평선 너머로 삶과 바다가 한눈에 들어온다.
아마 나는 삶과 바다, 그런 말들에 익숙해져 있는가 보다.

삶과 바다, 숲과 시냇물 … 나는 그것들을 본다.
저 먼 날 첨벙거리던 어린 시내가 보인다.
내가 다 간직하지 못한 옛날이 새벽빛에 가려져 흐른다.

생각할 시간을 가늠하며
가을이 먼 발치로 물러나고 있다.
나는 그러나 좀더 여기 있고 싶다.

낙엽을 밟으며 간다.
내 자신에게로 나는, 나뭇잎을 주워 들며,
지평선같이 펼쳐진 이야기를 읽으며.

북촌 일기 10

오색(五色)으로 우짖는 딱따구리처럼 시를 빚을 수 있
다면,
삼청동 숲 속 고요함의 외침처럼 내 자신을 드러낼 수
있다면,
새의 지저귐과 시와 내가 하나의 풍경으로 서 있을 수
있다면,
한 모금의 샘물에 새 아침이 느리게 흔들린다.

제 2 부

한 줄의 시행

한 줄의 시행(詩行)을 나는 찾았다.

나의 가족, 시, 삶들이 담긴
한 행(行)의 시를
나는 남몰래 혼자 찾곤 했다.

때로 숙명(宿命)의 밤이 어둠의 힘으로
나를 침묵에서 잠들게 했고,
대낮의 햇볕 아래서도 나는
부끄러움의 알몸을 추스르지 못했다.

나는 생각하고 회의하고 뉘우치는
인간의 아들이었고,
단순한 아버지가 되었다.

시는 물의 깊이를 가늠했지만
햇볕에서인 듯 시간에서인 듯
나는 자주 물의 경계에 서 있곤 했다.

한 줄의 시행이란 무엇인가,
그것은 나를 이야기할 수 있는가,

하고 나는 나의 시를 회의하면서
그러나 고개를 들어보려 애썼다.

하루의 일과와 같이 시가 씌어졌으면,
그리고 뒤늦은 공부처럼
나의 이야기를 가다듬을 수 있었으면,
하고 나는 나를 채근하기도 했다.

삶을 나는 알 수 없지만,
죽음도 멀리 떠나보내고 살지만,
아버지와 딸처럼
시가 씌어질 수 있었으면,
하고 나는 또 나를 생각하곤 했다.

한 줄의 시행을 나는 찾았다.

그것은 내 자신에 다다르는 일이었지만
자기 자신에 갇혀 있는 사람들처럼
나는 나에게 취해 있었고,
주춤거리는 삶의 의미를 마저 알지 못했었다.

비로소 강과 바다가 만나는 시간,
그 만조(滿潮)의 기쁨으로
나는 다시 내 자신과 만나고 싶다.

시 학

언제나 슬픔에서
그리고 음악을, 상승하는 음악을!

나의 삶을 보다 높은 곳으로 이끌어보리라.
나의 시를 구름 가까이 함께 해보리라.
그리하여 저기 오랜 샘터,
나의 꿈도 비치리니.

언제나 슬픔에서, 하늘이 비치는 여울에서 그리고 그
곳을 표상하는 언어에서, 그 나에게서 …

시는 삶의 거울이다. 그것에 비추이는 삶은 거짓처럼
아름답고, 진실처럼 투명하다.

봄

꽃들이 피어나는 건
봄이 왔기 때문이다.
봄볕이 따사로워
꽃들이 피어나는 거다.
봄은 꽃들을 꽃피우고
꽃들은 봄을 꽃피운다.
내 마음에 피어 있는 꽃을
가만히 들여다보면
내 삶은 꽃들의 피어남-시듦과도
같았다는 생각이 든다.
피었다 지고 이내 또 피어나는
말들의 봄,
나는 한 권의 시집을 염원했었다.
봄이 가면 나는
말들의 꽃을 볼 수 없을는지도 모른다.
내 인생의 봄이 가면
내 삶을 빛내주던 찬란한 마주침들,
그 추억과 욕망에의 기울어짐도
나는 다시는 볼 수 없을는지도 모른다.
집 밖에서 나는 하염없이 서성일는지도 모른다.

노트

내 인생에 금잔디 돋는 봄이 다시 오리라고
마음의 생기를 북돋우며
잊어왔던 시를 쓴다.
썼다 지우고 다시 쓴다.
내가 푸르른 젊음 속에 있을 때
시는 내게 대낮의 달이었고 그 달을 감싸 안은
엷은 하늘이었다.
바람 속에 나는 서성이면서
시는 언어에 의한, 존재에 대한
하나의 시도(試圖)일는지도 모른다고 생각하면서
시를 썼다.
시는 내게 무엇일까?
주춤거리면서 나는
내 인생의 달은 아직 돋지 않았다고 생각하면서
내 마음의 달무리를 그려보았다.
아마 시엔 인간의 푸르른 날의 그리움이
묻어 있는 듯싶다.
아마 시엔 인간의 이룰 수 없는 꿈이
잠시 쉬었다 가는
추억의 집이 있는지도 모른다.
나는 엷은 하늘을 치어다보며

시를 쓴다.
또 다른 나를 그려본다.

봄 편지

어느 독자에게 나의 시를 보냅니다.

어리석은 계절이 기다림의 수렁에서 깨어나고, 잃어버린 마음도 고개를 내어밉니다. 이 봄에 나는 희망과 야심의 사전을 뒤적거립니다. 봄볕 같은 연록(軟綠)의 시를 만들어봅니다. 시의 운율처럼 봄은 흐르고, 하늘과 땅이 조금씩 움직입니다. 봄이 와도 나의 시는 까칠한 나뭇등걸에 기대어 있곤 했습니다. 세월은 늘 내 바깥 저만치에 있었고, 시는 땅속에서 나올 줄을 몰랐습니다. 나는 봄과 약속을 맺었습니다. 나는 작은 글씨로 시를 쓰렵니다. 새 봄의 희망으로 다시 나를 북돋우고, 미답(未踏)의 말을 캐어내렵니다. 나를 이루려 합니다.

나의 시의 결에도 봄볕을 비추소서!

별

별빛이 그리워서 나는 내 마음을 바라보았습니다. 대기(大氣)는 맑았고 저녁은 차츰 기울어져갔습니다. 봄이 막 지나가고 있었습니다. 나는 하늘 끝 저 어딘가에 내가 찾는 별빛이 비칠 것만 같았습니다. 하늘은 내 가까이 있었습니다. 나는 내 마음 어딘가에 별이 들어 있을 것만 같아 별을 찾아보았습니다.

별은 작지만 빛나는 돌멩이였습니다. 어느 날 내가 별을 굴리면 삶과 영원이 현재인 듯 느껴지기도 했습니다. 그런데 이젠 그 별이 내게서 사라졌습니다. 해가 너무 길어졌거나 비구름이 몰려왔거나 하던 날에 별은 떠나버린 것만 같았습니다.

오, 별이여!

하고 나는 외쳐보았습니다. 그 옛날의 시인처럼 불러보았습니다. 그러나 산맥에 가려진 듯 별은 대답이 없었습니다. 멀리 숲과 산들이 자라고 있었고 바람이 그 쪽으로 흐르고 있었습니다.

별아, 별이여⋯. 나는 다시 불러보았습니다. 그러나 메아리도 없이 내 마음만 그 옛날처럼 하늘 멀리 흘러갔습니다. 아마 나의 별은 내 마음이 닿지 않는 곳에 가 있을까요? 내 마음이 닿지 않는 곳은 별들이 살지 않는 곳입니다. 어둠이 집을 짓고 아이들을 불러모으는 곳에 나

51

의 별이 굴러 떨어진 것은 아닐까요? 그런 까닭은 아니었
을까요? 아닐까, 하고 나는 흠칫 떨며 내 마음이 있는 곳
을 찾았습니다.

나는 그렇게 나를 어루만지며 내 마음을 쳐다보았습니
다. 그러나 나의 별빛은 보이지 않았습니다. 별이 나를
떠나 어디로 갔을까요? 어느 먼 곳에 날아가 살고 있을까
요?

오, 별빛이여! 하고 나는 다시 불러보았습니다. …

나는 왜 별빛을 그리워할까요? 내 마음의 무엇이 별빛
을 그리워할까요? 아마 나는 나의 시를 별빛이라 생각했
는지도 모를 일입니다. 봄과 저녁 같은 시를 나의 별빛이
라 생각하고 끝없는 그리움에서 별을 불러보았나 봅니다.

홍시 생각

여린 가지 끝에 감이 열려 있었다. 그것들은 청빛, 황빛, 홍빛으로 자기 자신들을 드러내었다. 나는 홍시를 유난히 좋아했다. 그것은 엷게 무르게 내 정신에 녹아들었고, 홍시를 먹으며 나는 내 자신을 깨물었다.

삶이란,

존재란,

하얀 감꽃의 날들을 기억함이란, 하고 나는 생각에 잠기기도 했다. 그리곤 잠들었다.

나는 고향을 떠나기 싫어 감나무 가지처럼 웅웅거렸다. 자기 자신을 떠나서는 인간은 살 수 없기 때문이었다. 나는 나를 떠나고 싶지 않았다. 그러나 나는 나를 잊고 살고 말았다.

나는 어떻게 나로서 살아갈 수 있을까?

내 손끝에 매어달린 그날의 홍시는 그러나 존재는 고난의 역사 속에 있는 것이라고 말하는 듯했다. 그것은 조용히 떨며 흔들리며 내게 이야기를 건네주고 있는 듯했다.

나는 다시 내 자신을 매만지고 있었다.

서울에 눈이 내린다

서울에 눈이 내린다.
나는 컴퓨터 화면을 들여다보듯
서울 하늘에 미립자(微粒子)처럼 흩어지는 눈을
나직이 흐느끼는 눈을
바라본다.
눈은 서울의 얼굴에 꽃잎 자국을 새기고
웃고 손을 건네는 연인들의 옷깃에도 자국을 내고
무언가 잃어버린 듯 뒤돌아보는 남자에게도
그 남자의 머리에도 손을 얹어준다.
눈이 내린다.
하얗게, 하얗게 쏟아지는 눈은
눌린 마음, 성난 심정, 쓰라린 가슴들에 여린 물기를
얹어주며
소곤거린다.
눈이여, 라고 내가 소리치면
마치 대청봉(大靑峰)을 에워싼 산들처럼
추억과 욕망은 엎드리고
이제 나를 아는 나이가 되었다고 뇌이면
눈은 소리 없이 더 내린다.
눈 속에서 꿈꾸는 사람들이 아직 있을 것만 같다.
이젠 꿈을 가질 수 없는 이에게도

눈이 내리듯
눈 속에서 삶, 사랑, 죽음, 이별 …
그 산문시(散文詩)의 눈을 맞는 사람들이 있을 것만 같다.
눈이 켜켜이 내린다.
내일 아침 나는 매지봉(梅枝峰) 중턱 샘가에 올라보리라.
거기서 한 바가지의 샘물을 마셔보리라.
삶은 의미 없는 것인가.
시는 의미하지 않고 존재해야 하는가.
라고 한 바가지의 샘물을 마셔보리라.
어제의 날들이 뒤뚱거리며 멀어져 가고
끝없던 연습, 시련들, 그 좌절들이
그 많은 죽음들처럼 사라져갔고
또 밀려온다.
눈은 사회면 1단 기사처럼
조용히 내리고
나는 시를 쓴다.
삶과 죽음이 끝나지 않았듯이
내겐 아직 가보아야 할 산과 언덕이 있다.
삶과 죽음이 끝나지 않았듯이
내겐 아직 지켜야 할 시간과 약속이 있다.
나는 고개를 저으며 시를 쓴다.

그 많은 사람들이 죽어갔고 파도가 밀려왔다.
그 많은 전쟁들이 끝났고 바람이 불어왔다.
시는 존재해야 하는가.
시는 무엇을 말할 수 있는가.
눈이 수부룩이, 수부룩이 내린다.
수부룩이 내리는 눈을 바라보며
나는 시를 쓰고
시는 나를 말한다.
서울 하늘에 눈이, 눈이 내린다.

밀레니엄 문장론

나는 문장론(文章論)을 잊어버렸다.

내가 읽은 시들, 보들레르의 죽음, 묘비명에 적혀 있는 말들

말들에 취해 균형을 잃던 기사(騎士)의 시를

그의 무덤 곁에 떨어져 있는 빠알간 열매 몇 알들을

내가 받은 한 다발의 꽃을

나는 잊어버렸다.

나는 내 인생의 하늘에 구름처럼, 그리고 구름 속의 달처럼 내 자신을 숨기었다. 나의 존재는 숨어들었다.

나는 신도시 분당 마을에 산다. 블록 만들듯 아파트를 쌓아 올린 동네에서 인형처럼 나는 잠든다. 청소원들이 오가는 새벽 5시에도, 나의 시는 잠에 묻혀 있다.

나는 시를 잘못 익혔을까? 나는 왜 대상의 묘사보다 내 자신의 리듬에 의존했을까? 시는 그러나 리듬이다. 물살이 흐르듯 내 마음은 새봄의 평화를 보고 있다.

봄이 가고 가을이 왔다. 나는 변함없는 평화를 노래하고 싶다. 그러나 낡은 거리의 시인에게처럼, 향기로운 낙원은 얼마나 아득한가.

분당 일기

기도하듯
봄이 온다.

시는 나를 변명할 수 없다. 그러나 나를 자세히 고백해
야 한다. 젊음은 지나갔는가. 나는 아무 죄 없는 인간으
로 살아왔는가.

어머니는 우주였다. 그 안에서 나는 흑백영화 같은 잿
빛 미래를 보았다. 그것은 바람과 안개와 저녁 어스름이
쏠리는 듯 멈춰 있는 풍경이었다.

나는 딸아이를 이끌고 치과에 갔다.
창 밖엔 중앙공원이 느리게
햇빛처럼 일어섰고,
경기(景氣)는 이미 바닥을 쳤다고
또 국민의 정부는 여전히 실업대책 정부라고 말하던
어느 앵커우먼의 이야기를 읽으면서 그녀의 이혼은
성격의 차이에서였다는 여성잡지를 넘기면서,
봄볕이 숲 속에 내려앉고
음악이 구름에 머무는 것을 보면서,
시는 성격인가, 하고 묻기도 하면서

나는 햄릿 왕자가 아니라고
될 처지도 아니라고 프루프록을 암송하면서,
나는 바다 밑을 어기적거리는
게 다리가 되어 있는 것이 아니냐는 생각도 하면서
치료가 끝나기를 기다렸다.

생명의 봄은 내 곁에도 가만히 와 있었다.

내가 찾는 언어는 하늘의 별

1

내가 찾는 언어는 하늘의 별, 별의 눈빛, 별의 침묵,
별의 영원한 죽음… 내가 찾는 언어는 한밤의 별, 어둠으
로 하여, 고뇌로 하여 더욱 영롱한 언어의 별, 별의 시…

어느 저녁 네 눈빛으로 사랑을 고백하면 천궁(天宮)은
나직이 흔들리리라. 내 사랑으로 하여, 그 사랑의 언어로
하여, 시로 하여, 시의 눈빛으로 하여…

2

내가 찾는 언어는 하늘의 별, 별의 삶, 별의 희망, 별
의 조용한 소멸…

그러나 어느 날 네 사랑을 거부하면 너는 세상에서 나
를 떨쳐, 사위(四圍)엔 눈감은 어둠, 어둠의 하늘이 가리
우리라… 어느날 네 사랑을 거부하면 오, 시여…

또 행과 연

꺾여진 행(行)은 아름답다.
시의 꺾여진 행은 미처 하지 못한
한마디 말을 뜻한다.
그 침묵을 말한다.

시의 행과 연(聯)은 약속의 꽃처럼 어느 날 피어나고
별과 같이 진다.
그렇게 삶을 완성한다.
완성함이란 태어남을 뜻한다.

꺾여진 행은 그러나 말의 비밀을 감추고 있다.
생명의 고귀함 같은 영혼의 순결
시는 그것을 차마 말하지 못한다.

차마 숨기지 못하고 한 인간의 이루지 못한 꿈처럼 진다.
이 세상의 책, 시집 속에서
시의 꺾여진 행과 연은.

폭우와 어둠 저 너머 시

인간에겐 모든 것이 불가능하다. 삶도 죽음도, 포옹마
저도.
인간에겐 모든 것이 불가능하다, 라고 쏟아지는 폭우
와 어둠.

나는 삶을 돌이킬 수
없다. 나는 삶을

단 한 번인 나의 삶을

인간에겐 모든 것이 불가능하다, 라고 쏟아지는 폭우
와 어둠 저 너머 시.

연가 (戀歌)

1
꽃의 심장에서 흐르는 노래를
장밋빛 울음을
뜻밖에 떨어지는 우박의 언어를

쓰지 못하였다 나는
고궁(古宮)은 비어 있었고 날은 갑자기
어두워졌다.
나를 보았을 때 너는 어느
낯선 여인이던

— 청춘이여.

"사랑한다" 시를 쓰지 못한 나를
꽃의 심장에서 흐르는 노래를

2
시는 영롱한

눈빛으로 밝은
웃음으로

고운 목소리로 다가서는 것.

날개 돋친 천사이거나
숲 속의 요정이던 옛날이거나
오늘이거나 시는

영롱한 눈빛으로 다가서는 것.

3
내 둘도 아니던
그러나 내 어찌할 줄 모르던

노래여.

내 마음 불붙던

별빛에 대하여

옛날 옛적 아득하던 날에
세 그루의 나무가 언덕에서 자랐습니다.

여름에 꽃을 피우는 나무,
가을에 옷을 갈아입는 나무,
겨울에도 푸른 빛 꿈을 감추는 나무,
이렇게 나무 삼남매가 살았습니다.

형 나무는 시인이 되었고,
아우 나무도 어른이 되었습니다.
그런데 누이 나무는 어릴 적 전설의 언덕을 떠나
종내 소식이 없었습니다.

겨울이 가고 봄이 왔습니다.
여름이 가고 다시 겨울이 왔습니다.
누이 나무는 돌아오지 않았습니다.

옛날 옛적 나무 삼남매 이야기는
밤이면 별들처럼 반짝거렸습니다.
바람 소리처럼 퍼져갔습니다.

어떤 이는 슬퍼하고
어떤 이는 더 슬픈 이야기를
동화책에서 찾곤 했습니다.
그러나 더 슬픈 이야기는 없었습니다.

형 나무는 오늘도 별빛 아래서 시를 쓰고,
누이 나무를 찾고 있습니다.
누이 나무의 별빛 눈망울을 그리워하고 있습니다.

옛날 옛적 아득하던 날에
세 그루의 나무가 언덕에서 자랐습니다.

백석(白石)의 마을

1

··· 살아야 한다.

1988년 겨울 서울에서, 아내와 딸아이와 함께, 시를 쓰며, 삶을 노래하며.

살아야 한다··· 나는 겨울을 노래하기보다도, 삶을 노래하기보다도 언어 그 자신을 노래한다.

언어는 삶이다. 언어는 삶의 죽음이며, 죽음의 거부이다. 그것은 삶의 부정이다. 언어는 삶이 아니라, 죽음의 기호이다.

그러나 살아야 한다. 언어와 함께, 죽음을 부정하며.

2

삶을 왜 거부하며 살아야 할까? 거부한다는 것은 무엇을 말함일까? 그것은 삶을 사랑한다는 뜻일까? 삶을 사랑함은 가능할까? 삶을 사랑함이란 그러나 시의 언어일까?

꽃처럼, 별처럼 그리고 어머니의 말씀처럼 삶에 대한 사랑은 가능할까?

시는 어떻게 씌어질 수 있을까? 시 —, 곧 삶의 노래는 어떻게 이루어질 수 있을까?

3

겨울은 춥다. 삶이란 추운 것이다. 나는 겨울 나뭇가지 끝에 남아 있는 감을 상상한다. 그것은 삶의 상징이다. 그것은 죽음을 부정하는 삶의 아름다움이다. 그리고 죽음의 삶이며, 삶의 노래이다.

나의 시는 왜 죽음을 노래할까? 죽음이 시의 주제가 될 수 있을까? 죽음이, 삶에 대한 거부의 몸짓이 어떻게 시의 속이 될 수 있을까? '죽음'이란 제목의 시는 없다. 죽음의 시는 없다. 나는 삶을 노래할 뿐이다.

4

가장 아름다운 말은 삶이다. 나는 가장 아름다운 말이 가난이라는 것을 수정(修正)한다. 가난은 아름다운 시어(詩語)가 아니다. 삶이 가장 아름다운 말이다.

삶, 그것은 살아 있는 말, 살아 이야기하는 말, 그리고 상상(想像)하는 말이다.

삶 건너편에 무(無)가 있다. 너와집과 저녁 연기가 있고, 멀리 흐린 하늘이 있다. 그리고 끊임없이 노래하는 시의 강(江)이 있다.

5

시는 삶이다. 시는 그러나 천국의 삶이 아니라, 생존의 삶이다. 생존이란 시와 삶의 복합어이다. 시와 삶의 언어, 부정과 극복의 노래, 그것이 시다.

바람처럼, 나뭇잎 뒤의 창공처럼 파란 빛으로, 그 빛의 언어로써 시는 삶을 노래한다. 시는 그러므로 하늘의 형상이다. 내 구개(口蓋)와 혀와 이빨이 내는 하늘의 소리이다.

시는 생존의 노래이다.

6

시는 연인의 이름이다. 시는 사랑스런 모음(母音)이며, 잘못 부른 사랑의 노래이다.

삶은 따뜻한 것이 아니다. 겨울은 햇빛과 바람을 멀어지게 한다.

마을은 언덕 아래, 그리고 앞산과 뒷산, 산 밑의 논과 논둑길이 우리들의 숲이었다. 우리들은 그곳에서 언어의 사금파리들을 깨뜨리곤 했다.

시는 다시 쓰는 연인의 이름이다.

7

겨울은 천공(天空)의 순결함을 드러낸다. 푸르게 깊은 물과 구름, 그것들은 내 삶의 순결함을 드러내준다. 나의 삶, 나의 시, 그것들은 순결한가? 순결함이란 무엇인가? 언어의 순결함이란? 순결함이란 사랑하지 않음은 아닌가? 그것은 세계에 대한 투신(投身)도, 혹은 거부도 아닌 것은 아닌가?

순결함, 그것은 별의 눈빛인가, 혹은 언어의 부딪침인가?

8

인간은 행복할 수 없다. 지난해 나는 어머니를 잃었다. 나에게서 더 잃을 것이라곤 없다. 더 잃을 말이라곤 없다. 시는 언어의 상실에서 비롯되는 것은 아닐까? 시—, 자아에의 회귀(回歸), 그것은 또한 자아의 상실에서 이루어지는 것은 아닐까?

시는 말하지 않는다. 인간은 행복할 수 없기 때문이다.

9

이 많은 사람들 틈에 내가 있다. 내 기도를 누가 들어줄까? 시는 기도가 아니다. 시는 신성(神性)을 파괴하는 언어이다. 시는 유년(幼年)의 그리움을 해체할 따름이다.
시간은 말이 없다. 시간은 말 없는 강이다. 산이며, 구름
이다.

바다는 너무 멀리 있었다. 나는 언덕길을 넘어 집으로
돌아가곤 했었다. 저 너머 산, 그리고 더 아득히는 구름
이 드리워져 있었다.

시는 구원이 아니다.

10

시가 없는 삶을 상상한다. 삶은 슬프지만, 시의 존재
를 상상함은 즐거운 일이다.

나는 상상 속에서 나 자신이 되고, 혹은 시인이 될 수
도 있다. 나의 시는 이 세기(世紀)를 벗어나 원시 혹은
무한의 미래에 다다를 수도 있다. 그러나 상상 속에서도
시를 쓰는 '나, 자아'를 벗어날 수는 없다.

나는 딸아이가 없는 삶을 상상하지 못한다.

11

가장 아름다운 말은 가난이다. 그러나 나는 가난할 수
없다 … 나는 부자이고 싶다 … 나는 넉넉하게 살고 싶
다 … 나는 자유이고 싶다 … 그러나 나는 시간 속을 유영

(遊泳)하는 금빛 새가 될 수는 없다… 그러므로 나의 시는 아름다울 수 없다.

나는 자유보다 구속을 노래한다. 나의 시는 언어의 한계를 노래한다.

12

나에게 가능한 것은 무엇인가. 시인가, 사랑인가 혹은 죽음인가.

시는 나에게 무엇인가. 시의 언어는 삶인가, 삶의 죽음인가.

나는 아무것도 이룰 수 없다. 시도, 삶도, 언어의 죽음도, 나에게는 모든 것이 불가능하다.

나는 시를, 그리고 나 자신을 부정(否定)한다. 나의 시는 이름 지을 수 없는 것이다.

13

1월은 자기 자신을 반성하게 한다. 시는 사랑의 표현이 아니라, 미움이나 저주의 증거이다. 시는 세상에서 버림받은 이의 그 '버림'에 관한 노래이다.

시는 완전을 지향하지만, 언어는 불완전할 수밖에 없다. 시로써는 세계를 해득(解得)할 수 없으며, 인간에겐 모든 것이 불가해하다.

시는 그러므로 사랑이 불가능하다는 것을 노래해야 한다.

14

삶은 아름답지 않다. 내가 아프기 때문이다. 나의 시는 간혹 아프다. 나는 언어의 실패에서 아프고, 언어의 저버림에서 아프다.

나는 아름다운 삶을 노래하고 싶다. 아픔이 없는 삶을 나는 노래하고 싶다. 시는 아픔이 없는 삶인가? 그러나 시는 아픔을 노래하는 삶인가? 아픔이란 왜 존재하는가?

나는 아프지 않으려고 시를 쓴다.

15

인간에게 구원(救援)은 가능할까? 시에 있어 구원이란 무엇일까? 그것은 언어일까, 나 자신일까, 혹은 사랑일까? 시에 있어 사랑이란 무엇일까? 그것은 기도일까? 시는, 언어는, 나 자신이란 무엇일까?

나는 구원을 부정(否定)할 수 없다. 나의 시는 기도를 거부하지 않는다.

인간에게 불가능한 것은 언어이다. 언어 그 자신이다.

16

시는 나 자신을 표현하는 하나의 방법이지만, 그러나 그것은 인간처럼 불완전한 계시(啓示)일 뿐이다.

나는 왜 나 자신을 언어화할까? 나란, 언어란 무엇일까? 나의 죽음이란, 언어의 삶이란 또 무엇일까?

언어는 나를 왜곡한다. 언어는 나를 정직하게 말하지 않는다. 언어는 내 삶을 부정(否定)한다.

17

한국어는 나를 버릴 수 있을까? 나의 시는 내 자신을 버릴 수 있을까? 나를, 나 자신을, 시의 자아를, 그것들을 시는 모른다고 노래할 수 있을까?

모른다, 모른다라고 바람처럼 노래할 수 있을까?

모른다, 모른다라고 강처럼 그것은 노래할 수 있을까?

나는 한국어로 시를 쓴다. 한국어는 내 어머니에게서 전해 받은 말이다. 그러므로 한국어는 나를 버릴 수 없다. 나의 시는 나를 버릴 수 없다.

18

나는 흔들리지 않는 것을 사랑한다. 흔들리지 않는 것, 나무. 바위. 섬. 어머니의 말씀 … 그것들을 나는 사

74

랑한다.

나는 흔들리지 않는 것이 되고 싶다. 흔들리지 않는 것, 영원히 멈춰 서 있는 말, 기다리며 있는 삶, 오 삶을 기다리며 서 있는 시간을 상상한다.

나는, 죽음 또한 흔들리지 않는 것이라고 상상한다.

19

행복과 젊음, 사랑과 자유, 지혜와 빛, 그 시간 안에 내가 있다. 나는 시를 쓰는 화려한 소년의 모습이다.

나는 강릉을 떠나고 있었다. 버스 안에서, 눈물 흘리며, 나는 고향을 떠나오고 있었다. 내 가슴속에도 강물은 흐르고 있었다.

시를 쓰는 나란 무엇인가? 시란 나에게 무엇인가? 라고 나는 시를 노래한다.

20

오, 죽음이여. 영원한 침묵이여.

오, 삶이여. 영원한 꿈이여. 햇빛이여.

나는 시간의 한가운데에
서 있는 생명이다. 나는

과거와 미래가 부서지는
바다이다. 경포대 호수에
서 있는 갈대이다.

오, 삶이여. 영원한 꿈이여. 햇빛이여.

제 3 부

서울 광시곡 1
사랑

폭죽처럼 터지는 불꽃 같은 여자. … 나는 그녀를 이렇게 불렀다.

저주받은 시인은 나였고, 그녀는 숲 속의 요정일 뿐이었다.

밤바람이 대낮을 거둘 때까지 그녀는 내 입 안에 있었고, 나는 그녀의 주변을 횐자위처럼 맴돌았다.

우리가 불러야 했던 노래는 사랑! 거짓과 숨김의 웅덩이 저편에 꽃핀 풀밭, 그것이었다.

내가 부른 노래는 그리움 … . 차츰 나는 병들어갔고, 이윽고 모든 것은 소멸됐다. 그러나, 사랑은 시를 낳았다.

서울 광시곡 2
별
— 이마누엘 칸트에게

　나 또한 머리에 별을 이고 있었다. 별은 내 자신이었다. 나는 별이었고, 별은 나의 아버지였다.

　그리고 200년 뒤에 나는 노래했다. 인간은 세계의 중심에 서 있지 않고, 세계를 움직이지도 버리지도 못한다는 것을.

　그렇게 나는 절망했고, 시를 또 사랑했다. 시는 나의 별이었다.

　나는 세계의 중심에 서 있는 과학자가 아니었고, 다만 시인일 뿐이었다.

　그러나, 나 또한 별을 머리에 이고 있었다.

서울 광시곡 3
산문시

산문시는 빛의 시다.

산문시는 바닷가에 서서 수평선 밖에 서성이는 낯선 배들에 빛을 비추이는 어느 비평가의 시다.

그리고 나는 독도와 같이 떨어져 있는 섬, 독자들의 사랑을 독차지한다. 산문시는 독도의 시다.

산문시는 그러나 생애를 완결하는 자서전의 시. 그것엔 회상이 있고, 주제가 있다. 또 그것들의 꿈틀거리는 정서가 있다.

산문시는 꿈틀거리는 생명의 빛의 시다.

서울 광시곡 4
은인

나에게도 은인이 있다. 돌부리에 채일 때마다 어깨를 잡아주던 이들, 그들은 내 삶의 수호신이 됐다.

생각해보면 역경과 고비란 늘 있어왔던 것, 그러나 비바람이 세찰수록 마음은 더 단단해지는 것.

그들은 내가 그들을 잊고 살 듯이 이미 나를 잊었으리라. 그러나 그 은혜로운 심정들은 한여름 대낮에도 시가 되고 축복으로 온다.

수호천사 없이 노래할 수 있는 시인은 없다.

나에게도 생명의 은인들이 있었다.

서울 광시곡 5
기도

저를 산골 물소리처럼 건강하게 하옵고, 산새처럼 자유롭게 하옵소서. 대도시(大都市)의 좌절을 씻어주옵소서.

저를 이 여름산처럼 마음이 울창하게 하옵소서.

그리고 저 짙푸른 하늘의 얼굴을 한없이 우러르게 하옵소서.

오직 한 올 빗줄기와도 같은 시의 행(行)을 가다듬게 하옵소서.

그 충만함 속에서 고적함을 잃지 않도록 하옵소서.

서울 광시곡 6
이상(李箱)의 아버지

아버지는 시가 될 수 없다. 나의 아버지는 먼 옛날 아버지의 아버지일 따름이다.

그리고 나는 1990년대 한 딸아이의 아버지이고, 신문기자라는 직업을 갖고 있다.

나는 내 직업이 시인이라고 말 못하는 어느 나라의 시인이다.

그러나 내 시의 아버지가 나는 될 수 없듯이, 아버지의 시를 나는 쓰지 못한다. 나의 아버지는 그 옛날의 시인이 꿈꾼 아버지라는 믿음만 갖고 있다.

나는 그리고 말을 즐기는 내 딸의 아버지일 따름이다.

서울 광시곡 7
시의 원리

지훈(芝薰) 선생의 《시의 원리》(신구문화사, 1963)를
꺼내 읽는다. 지훈 선생은 〈봉황수〉(鳳凰愁), 〈낙화〉(落
花) 등을 쓴 시인이지만 '시의 원리'라는 숙제를 남겨주었
다.

믿음과 같이 빛으로 서 있는 시 또는 언어보다도 나는
그러나 사는 일에 몰두했었다.

내 인생에 시의 아침이 밝았을 때 나는 소월(素月)을
읽었고, 그리고 출분(出奔)했다.

시는 진리다. 우리나라의 산과 강물과 같은 그 역사 속
의 풍경이다.

시는 언제든 다시 가는 내 고향 마을이다.

서울 광시곡 8
가난

나에게 가난이란 무엇인가. 그것은 죄악인가, 속죄인가.

나에게 가난이란 어머니의 삶인가, 죽음인가. 저 먼
하늘빛인가.

내 시는 삶보다 가난이 그 주제가 되어 있다. 시는 그
러나 되어 있지 않고 만드는 것이다. 부(富)의 멍에를 지
고 이 세상의 시를 쓸 수는 없다.

나에게 그러나 가난이란 무엇인가. 그것은 내 자신에
대한 다만 사랑일 뿐인가.

… 가난했기 때문에 나는 시를 썼다.

서울 광시곡 9
습관적인 삶은 시가 될 수 없다

습관적인 삶은 시가 될 수 없다.

밤하늘의 별은 더 이상 이지(理智)의 빛이 아니다. 나는 별빛을 보고 시의 물살을 거슬러 오르지 못한다.

인간은 또한 성부(聖父)의 아이들이 될 수 없다. 인간은 악(惡)의 움직임을 하고 있다. 마치 이 나라의 분별없는 정객(政客)들인 양.

습관적인 삶은 그러므로 구원받을 수 없다.

1997년 11월 어느 통회의 밤에 나는 습관적으로 시를 써서는 안 된다, 라고 쓴다.

서울 광시곡 10
아메리카

나는 마침내 미국에 들어왔다. 이민 혹은 취업.

워싱턴 교외(郊外)에서 세탁소 일을 돕는다. 나는 쉴 틈이 없다. 다른 모든 한국계(系)들이 그러하듯이.

내 나라가 고통 속에 있을 때 나는 수백억 리(里) 타국에서 달러를 번다.

이것은 생존인가, 항의인가.

나의 주님은 그러나 밤이면 나를 꿈과 기회의 동화(童話) 속에 잠재워주신다.

서울 광시곡 11
편지, 아내에게

모든 일은 잘못되고 있어요. 내가 잘못 생각한 것 같아요.

나는 서울에서 대전(大田)으로 이사하는 것만큼 가늠
했었는데, 아니오. 여긴 한국이 아니오.

이곳에도 낮과 밤이 있지만 한국과는 반대예요. 여기
선 모두 미국인처럼 살아야 해요.

달러가 얼마나 매서운지 이젠 알 것 같습니다.

어서 내 고향나라로 돌아가고 싶어요. 당신 곁으로,
어서 나를 불러줘요, 여보.

서울 광시곡 12
편지, 딸에게

그래, 아빠다. 보고 싶구나.

인형들 잘 있니? 똘이, 똘비, 플란더, 톰과 제리, 벌네모, 벌세모…. 어젯밤엔 누굴 안고 잤니?

이곳 초등학교에도 아이들은 많고, 선생님들이 너희를 내 아들딸처럼 가르치신다는구나.

그런데 여기 친구들은 모두 영어로 말해. "아빠, 보고 싶어"까지도 말이야.

아빠는 네가 이곳에 다녀갈 7월을 꼽고 있단다. 그럼, 안녕!

서울 광시곡 13

시는 또 하나의 나

나는 내 삶을 시만 생각하며 살았는가?

내 마음은 시로 채워져 있지만, 그러나 시는 나의 모든 것이 아니었다. 나는 다만 김종삼(金宗三) 학교의 한 어린 학생임을 자임했을 따름이다.

내 마음은 시로 메워져 있지만, 나는 그러나 시를 자주 의심했다. 시는 또 나에게 반쪽의 문을 열어 주었을 뿐이다.

그러나 시는 나인가, 혹은 나는 시인가?

버지니아의 맑은 공기를 들이쉬며 나는 스스로 한국의 시인이라고 쓴다.

서울 광시곡 14

한국의

한국의 시인이 무엇이 부족하다고. 미국까지 와서.

실직(失職)을 실직이라 말하지 못하고. 그리워도 그립다! 라고 말할 수 없는 미국까지 나는 와서.

한국의. 평화롭고 아름다운 노래를 부르지 못하고. 막힌 목청으로. 나는. 그리운 나라를 찾는가.

나는 왜 신문기자라는 직업을 버리고. 나는 왜 로버트 프로스트의 나라에서 한국의 시를 쓰는가.

한국의 시인이. 미국까지 와서.

서울 광시곡 15

내 나라에 나는 다시 왔다

내 나라에 나는 다시 왔다.

나는 집에 와 남아 있는 책들을 수습해 본다. 내가 가지고 있는 것은 자그마한 크기의 시집 몇 권뿐.

(다른 100여 권의 장서들은 개포도서관에 가 있고, 또 다른 400여 권은 대학 연구실에 맡겨져 있다.)

내 나라에 나는 다시 왔다. 그러나 아직 100여 권의 책은 뱃길따라 출렁이며 돌아오고 있다.

먼 하늘을 헤쳐와 나는 다시 한국어로 시를 생각한다.

서울 광시곡 16
시론

백석(白石)을 읽었다. 김종삼도 만나뵈었다.

시란 무엇인가? 나는 그러나 삶을 더 잘 알고 싶었다.

젊은 날엔 삶은 바람과 구름과 별이었고, 풀잎이었다.
다시 생각하는 그림이었다.

삶은 그러나 아직도 알 수 없는 하늘이고, 그 무한만큼
다다를 수 없는 영역으로 남아 있다.

시란 무엇인가? 1998년의 한국인의 삶은 그러나 어둡다.

서울 광시곡 17
뚝섬 시장

우리말에 서울이란 아름다운 말과 뚝섬이란 정다운 말
이 있다.

어머니는 그때 뚝섬시장 한 곳에서 옷가게를 꾸려가셨
다. 어머니와 나, 겨우 우리 둘이 살아갈 수 있을 만큼.

그리고 어머니는 또 하나의 동화를 만들고 계셨다. 어
시 아들이 취직하고 생활터선을 삽았으련 하는.

그때 어머니에겐 새벽 성당길이 즐겁기만 하셨으리라.

서울이란 아름다운 말과 뚝섬이란 정다운 말이 내겐
있다.

서울 광시곡 18
신림6동
— 어느 시인에게

신림 6동 단칸 셋방. 어머니와 나, 또 이렇게 둘이 살았지요.

당신이 막 등단하고, 내가 전화하고, 그렇게 우린 만나게 되었지요.

그리고 7, 8년 지나서야 나는 겨우 시를 발표했고, 시인이 되었고….

그러나 삶에 있어 시는 무엇인지, 시란 무엇인지 나는 아직도 알지 못하고 있어요.

다만 내 어릴 적처럼 시쓰기가 즐거울 따름이에요.

서울 광시곡 19
나는 시를 자꾸 다시 쓴다

나는 시를 자꾸 다시 쓴다. 내 자신을 되풀이 시험한다.

나는 삶을 잘못 살아오지 않았다. 내 삶은 내겐 계시(啓示)처럼 소중한 것이다. 그러나 나는 문학이나 인생을 알 수 있다고 말할 수는 없다.

나는 삶을 다시 살고 싶지 않다. 아직도 내겐 시가 있다. 냇가의 작은 돌멩이 같은, 어린 시!

나는 무엇을 할 수 있는가?

시는 내 자신과 인생에 대한 끊임없는 시험이라는 생각이다.

서울 광시곡 20

나는 어떻게 살아야 하나?

내게 무엇이 있나? 집, 아내, 딸 그리고 시. 그러나 내게 또 무엇이 있어야 하나?

나는 어린 고향과 아버지로부터 일탈(逸脫)한 시인이다. 그리고 나는 추억으로 되돌아갈 수 없음을 안다.

나는 내 자신을 허물어야 한다. 배반과 의심의 날들을 부수고 마침내 시의 자아(自我)를 세워야 한다.

그러나 나는 어떻게 살아야 하나?

시, 아직도 안기지 못한 시의 하늘을 뒹굴며 나는 묻는다.

제 4 부

그리고 나는 갈색의 시를 썼다

내 삶의 처음에 모음(母音)이 있었다.
맑고 햇볕 밝은 어느 아침, 푸르게 새들이
숲을 나설 때
자음(子音)들을 떠받치고 굴리며 그 말들은
초록빛 시의 언어로 태어났고 또 하나의
내 자신이 되었다.
시는 내가 가진 삶, 꿈, 별, 사랑과 죽음을
그리고 부활에의 열망들을 주우며 보일 듯 보일 듯한
희망의 말을 찾아
매음굴(賣淫窟)과 같은 악취나는 과거와 미래를 걸었다..
삶엔 알 수 있는 이야기보다
알 수 없는 글자들이 더 많이 들어 있었고,
나는 시를 쓰고 읽으며 과거와 미래를 저울질했다.
시 곁에서 나는 삶을 이해하려 했다.
나는 1950년 강릉에서 태어났다.
전란(戰亂)이 국토를 갉아먹고 배앓았으며
우리 가족은 누룽지 부스러기처럼 흐트러졌다.
그것이 내 인생의 시작이었다. 그러나 그것은
나의 이야기가 아니었고
역사(歷史)의 쓰임이었다.
시는 이렇게 노래했다.

나는 낙원의 한 곳에서 어머니와 함께 살았다.
별들은 제자리에서 저마다 그 빛을 멀리 던졌고
나는 논둑길을 지나 들판에서 반딧불을 좇았었다.
시는 그렇게 노래했지만,
그것은 옛날의 일이었다고
옛날 옛적 아주 오래된 이야기라고 또 중얼거리곤 했다.
시는 작은 키의 내가 가진 희망이었고, 변함없는
아름다움을 찾아보려 했다.
삶은 아름답다!
라고, 나의 시는 노래하고, 그리고 또 질문하곤 했다.
삶은 아름다운 것인가.
나는 알지 못한 젊음을 어떻게 말할 수 있는가.
나는 알 수 없는 인생을 어떻게
해명할 것인가.
삶이란 상상하는 것이다.
존재하지 않는 것, 이룰 수 없는 것에 대하여
상상하는 것이 삶이고, 그리고 시다.
갈매기떼는 인간의 바깥에서 노래한다. 그리고 시인들은
마음의 그늘을 찾아다니고
시든 말에 물을 끼얹듯 더듬거리며
생명의 영속(永續)을 꿈꾸지만,

인간이 그 삶 동안 가질 수 없는 것은 새, 나무
구름의 휘파람 소리와 같은 것들이라고
나는 상상하곤 했다.
새는, 나무는 그리고 구름은
존재하지 않는 세계를 노래하고, 시인은
그 노래의 자취를 좇는 것이라고 나는
상상하곤 했다.
유년(幼年)을 흐르던 음악처럼
내가 디딘 이 땅에서 나의 시는 자라났다.
시는 얼음장 밑 주검의 등허리에도 흐르고
새털구름 같은 낡은 추억의 갈피에서도
피어나곤 했다.
삶은 꿈꾸는 것이다.
나는 한때 철학자가 되고 싶다고 꿈꾸었고
삶의 비밀은 무엇인가, 하고 묻곤 했다.
삶은 이것이다, 하고 말하지 않는 나는 무엇인가.
말할 수 없는 나는 무엇인가, 하고
나는 내 자신에게 묻곤 했다.
그것은 젊음의 꿈이라고 나의 시는 말했고
그날의 꿈은 푸른빛을 비추고 있었다.
그것은 오래 전에 슬픔이 지나간 듯 고요한

빛이지만 빛들의 살결 속으로 간간이 비치는
갈색 햇볕들은 나에게
다시 희망의 뙤약볕을 염원하게 했다.
삶이란 무엇인가.
그리고 나란 무엇인가.
내가 쓰는 시를 나는 무엇이라 말할 수 있는가.
나는 시를 내 인생의 무엇이라 말해야 하는가.
나는 무엇을 말할 수 있는가.
그 전설의 언덕들을 나는 자주 혼자 걸어 내려오곤 했다.
고개 숙이고 혹은 나를 뒤돌아보며
미지의 음악을 혹은 바람 소리인 듯 들으며
내 발끝의 평화를 보곤 했다.
이제 나는 모든 것을 알 수 있을 것 같다.
이제 나는 그 난해한 삶에 대하여
알려고 하지 않기로 했다.
삶이란 알 수 없는 것이다.
삶은 아름답다! 라고 어느 날
그렇게 쉽게 말할 수는 없을 것이지만
나는 남편이 되었고 아버지가 되었다.
국민의 한 존재로 국민의 정부를
나 또한 살고 있다.

인간의 시장은 사악(邪惡)한 뒷거래에 더 민감하며
양심은 법(法)을 만들고 길을 트지만
나는 자주 말과 시의 미궁 속에 부엉이처럼
갇혀 있곤 했다.
삶은 그대로 아름답게 남아 있는가.
삶은 아름답다! 라고
나는 어느 날 말할 수 있을 것인가.
인간은 어쩌면 하나둘씩 무언가 읽어버린 듯
저마다 결핍 속에 살는지도 모른다.
내 마음의 어머니를 나는 읽었듯
덜컹거리는 마음의 들길에서 또 다른
나를 상상하며 나는 살아야 했다.
삶의 괴로움을 밀치며 삶의 의미를 찾아보아야 했다.
그리고 저 멀리 시가 비쳤다.
어느 운명에도 밤은 오고 별은 돋고 구름은
바람에 쏠릴 것이다.
어느 운명에도 마음의 틈으로 빛은 스며들고 시의 희
망은
돋아 오를 것이다.
왜냐하면 시는 나의 이야기를 들어주고 가르치는
손길이기에.

왜냐하면 시는 내가 들을 수 없는 상상의 말을
들려주는 것이기에.
어느 운명에도 빛은 내릴 것이다. 난파(難破)의 시대에도
움직이지 않는
사고(思考)의 바위들이 있음을 나는 알아야 했다.
나는 한 움큼의 돌멩이처럼 푸르른 인생의 바다에 던
져졌다.
그리고 나는 갈색의 시를 썼다. 밤과 아침의
기울어진 시간에서,
내 인생의 잿빛 희망 속에서.

도마 신부를 기리는 노래

삶엔 예기치 못한 뇌우(雷雨)가 내리치고
죽음이 가고 따뜻하고 맑은 아침도
찾아들곤 했습니다.
당신을 처음 만난 날은 여름이 다 가고
가을이 하늘 가장자리에 내릴 무렵,
땅에서 죄 지은 일 없는 사람들이 찾는
부활의 임당동 성당에서였습니다.

당신은 윗마을 형님처럼 나를 먼 동생처럼
앞길을 가까이 염려해주셨습니다.
성당 마당에 따사로운 이야기들 내려앉듯
무딘 생각을 잡아주시고 또
내 삶을 먼 곳으로 이끌어주셨습니다.

부활은 한해살이풀들이 씨를 흩고
이듬해 거듭 꽃을 피우듯 추위와 저버림 속에서도
강아지풀은 물살 같은 봄을 예비하는 것이라고,
미련한 운명 속에서도
인간은 삶을 이뤄야 하는 것이라고
당신은 타이르곤 하셨습니다.

봄은 겨울보다 이르게 기억의 고향을 되찾았고
겨울엔 눈이 많이 내렸고
봄은 언제나 새로운 한 해의 삶을
비춰주곤 했습니다.
나는 가을과 겨울의 길목에서 하릴없는
습작의 시를 쓰며 말들과 놀이를 하며
혹은 세월의 이끼를 털며
당신 앞에 서곤 했습니다.

이제 도마 신부 당신을 기리는 시간,
그림자 뒤에서 부르는 노래, 마음의 우물 속
내 자신이 비로소 스스로가 되기 위해
막막하고 괴롭던 젊은 날의 부활의 사자(使者),
당신을 기리며
새 기운을 차리려 합니다.

권명옥 교수님은 예전처럼 자주 만나고 있습니다.
우리는 어린 하느님처럼
하느님의 이야기처럼 시와 삶의 부스러기들을
이야기하며 주우며
저녁과 아침이 가고 오는 줄도 채 모르곤 합니다.

시는 시간이 멈춘 어린 시절에 만난
하느님의 것이라고 이야기하며,
세월의 거친 물살을 거슬러 오르며
피어나는 말들의 봄을 시는
이루는 것이라고 이야기하곤 합니다.

연곡면 행정리 당신의 마을엔 다시 또
여름이 오고 냇가엔 쑥부쟁이처럼 작은 고기떼들처럼
밤과 낮의 적막을 몰래 흐르는
소금쟁이 가재 실잠자리들이
기도하는 인간의 소망이듯 물소리를 내고,
무디게 달구어진 쇳덩이 같은 당신의 마음을 기리며
기도의 시를 나는 써봅니다.
늘 평강하소서.
구름 속 인간의 아들의 말씀처럼
내 시의 기도가 닿는 곳에서
늘 너그러우소서.

그 해 여름 함께 찾았던 바닷가에서
남애(南涯) 바닷물이 가슴까지 차오르는 밤빛 속에서
물결처럼 일렁이는 선대(先代)의 이야기를

산골로 산골로 스며들어와
화전 일구고 옹기 구우며 부활의 날을 염원하던
엉겨붙고 찌그러진 그릇조각 같은
할아버지 할머니의 이야기를
희미한 희망의 역사를
맑아지는 가슴처럼 새벽빛처럼 당신은
자꾸 가라앉히곤 하셨습니다.
나는 여물어가는 청춘의 노래를 만들듯
바다소리를 들으며
당신의 말씀을 마음 속에 채워 넣으며
내 자신의 노래가 가야 할 곳을 또
찾아보곤 했습니다.

어머니는 신부님이 그렇게 지켜주시지요?
자주 이야기 나누시고 그 옛날처럼
따뜻하게 대해주세요.
이곳에도 봄은 왔고 아파트단지 앞 햇볕 아래
여수천 개울가엔 개나리꽃들이 노오랗게
자라나는 새봄을 색칠하고 있습니다.
지금 경포대 벚꽃들도
입술 가득 희망을 물고 있을 것입니다.

110

지난해엔 내게도 급한 여울이 있었습니다.
직장을 떠났고 미국에도 가보았고
한국인들이 다니는 성당에선 한국에서처럼
"주의 빵을 서로 나누세 …" 흑인 성가를
함께 부르기도 했습니다.

대부(代父)님은 지금도 교동 산자락 밑에서
큰아버지처럼 살고 계십니다.
도마 신부 당신을 추억하는 시간이면 둘이 함께
가슴이 달아오르곤 합니다.
서가(書架)에 잘 정돈된 책들처럼 맑고 밝게
살고 계십니다.

다시 겨울이 오고, 나는 눈발과 매운 바람의 회초리를
맞으며
또 시와 노래를,
당신의 얼굴이 들어 있는 하늘을 올려다보듯
바라보겠습니다.
그 하늘을 노래하겠습니다.

삶이 쉬어가기 전에 더 부를 노래가 내겐 있습니다.

삶이 더 많은 삶을 부르는 부활의
임당동 성당을 나는 또
찾아가야 할 것입니다. 이 노래가 끝나기 전에
또 다른 노래를 찾아가겠습니다.
또 다른 노래를 당신께 부르겠습니다.
부디 평강하소서!

어머니 계신 천국에 다녀오다

인간의 운명이 바람과 안개처럼 거두어지는
밝은 아침의 작은 도시에서,
빛의 아지랑이들이 땅을 무르익히고
삶을 푸근히 용서하는 곳에서,
인생의 모진 인연을 햇볕 속에 묻고
기도가 물 흐르는 곳에서 당신은
먼 길을 찾아온 마른 입술에
노래의 이슬을 적셔주었어라.

천국의 동네에 비치는 빛의 가는 흔들림으로
삶의 그늘을 감싸 안는 그 손길은 또
잃어버린 시간의 뒤편에 서 있던
당신의 그림자였어라.
우리가 떠나온 옛마을 같은 그 땅에서
역사는 어린 마음으로
삶과 죽음의 진실을 이야기하고 있고,
노래하는 아들은 해와 달처럼
욕망이 이울고 스러지는 언덕에 올랐어라.
푸른 바다를 바라보듯 당신의 나라를 보았어라.

부활은 강이요, 바다였으니,

들과 산언덕이요, 강가에 핀
해맑은 달맞이꽃이었으니,
당신은 아이들의 어머니였을 뿐
남편의 아내는 아니었어라.
아침 햇볕은 열망의 빛처럼 다시 비치고,
더 많은 죽음과 부활이 잎과 가지마다
골목과 언덕길과 개여울에
이야기처럼 흘렀어라.

밤새 달려온 성급한 마음 앞에
선대(先代)의 고향은 들판처럼 펼쳐져 있고,
머리 위엔 곰과 마늘의 연못이
흙으로 빚어진 갈색 쟁반 위에 나뭇잎처럼
서로 비껴 얹혀 있었어라.
초록빛 목덜미로 바다를 휘감는 곳에서
나는 그 빛깔을 찾았어라.

인간은 자연을 지배하지만
자기 자신의 운명엔 무거움을 느끼고,
죽음의 문 밖에서 방임(放任)의 노래를
삶과 함께 꿈꾸는 것이러니,

삶은 죽음의 아들이었고 부활은
희망의 그림자였으니, 내가 찾은 것은
노래의 그림자였을 뿐,
가고 온 손길마다 발길마다에 세월은
삶의 얼룩처럼 묻어 있고,
푸르고 맑은 그날의 이야기들은
발끝과 마음을 흘렀어라.

텃밭 감자넝쿨 사이로 당신의 손길은 오가고,
나는 가장자리에서 밭두렁을 쌓으며
노랑나비처럼 바람개비처럼 휘도는
초록빛 시의 언어를 찾았어라.

지복(至福)의 언어여.
당신의 땅에서 이제 다시 삶을
이야기하지 않는 이여.
삶은 죽음과 욕망의 그림자였으니,
이젠 다시 삶을 뒤돌아보지 않으리라고
돌아보지 않으리라고 아침 햇볕 아래서
넝쿨을 돌보는 당신이여.
나는 죽음과 부활의 말을 찾아

이 땅을 찾았어라.

가고 온 세월의 음계(音階) 위에서 뒤돌아보면
멀리 몸을 감추는 강물,
삶은 바다로 흐르고 인간은
저마다 자기 자신의 노래로 흘렀어라.
반백(半百)의 세월을 거슬러 와 나의 염원은
시원(始原)의 강가에 이르렀으니,
별들이 돋고 물결은
노래하는 마음처럼 흘렀어라.

시련의 기억들은 어둠과 함께 사라졌어라.
간난의 세월과 인고(忍苦)의 생애는
그늘 속의 돌이 되었고,
밝음 속에서 뉘우치는 아들에게 삶은
어두움의 빛 속에서도
자기 자신을 잃지 않으리라는 듯,
풀빛은 추억을 머금고 노래는 물살의 흐름처럼
내게로 다가왔나니,
나는 당신의 이야기 속으로 들어갔어라.

언덕 뒤 성당엔 보랏빛 놀이 물들고
병인(丙寅)년에 치명(致命)한 이들이 하늘로 올라간 곳,
"내 평생 천주 공경 실답게 못하였더니,
오늘 주께서 나를 부르셨노라" 한 곳에
거미줄의 흔들림이 신심(信心)의 그날을
봄볕처럼 흘렸어라.

언제나 다시 시작하는 노래,
나는 또 다른 인생을 꿈꾸고 있었어라.
밤이 밤의 아이들처럼 몰려들어도
나는 다시 또 다른 인생을 꿈꾸었어라.
아으, 밤이여. 밤의 대낮이여.
노래는 들판에서 들판으로 흘러갔어라.

이 땅은 살 만한가, 하고 노래가 문득
내 앞에 다시 서 있는 삶,
나는 당신의 인생을 보았어라.
아으, 밤과 저녁이 물러가고
그윽한 햇볕이 넘실거리는 날이여.
삶은 여기 있었던가?
삶은 저기 그곳에 있지 않고 여기 있었던가?

나는 또 다른 인생을 꿈꾸었어라.

마침내 언어의 동산에 올라
사랑이 입김 불어넣어 주던 때를 보았으니,
우레와 같이 봄볕의 말이 울려왔어라.
"아들아, 강물의 노래를 들어라.
하늘의, 바다의 노래를 들어라."

알 수 없는 또 다른 삶을 향하여

알 수 없는 또 다른 삶을 향하여
나는 시를 쓴다.
시는 봄과 가을을, 젊음과 슬픔을
지나가버린 꿈과 하늘의 구름을, 구름의
이야기를 속삭여준다.
시는 잃어버린 욕망을 속삭여줄 것이라고
나는 시를 쓴다.
시는 국가에서 추방된 재기(才氣)가 아니다.
시는 이미 국가를 형성하는 정신이다.
푸른 나뭇가지 끝에 피어나는 분홍빛 꽃,
그 꽃과 열매가 시의 결실(結實)이다.
국가는 시가 만든다. 시는
국가에서 태어났고, 국가를 형성한다.
국가는 시의 영토이다. 시는
그러나 국가를 노래하지 않고 삶을 탐구한다.
삶을, 꿈틀거리는 바다를, 푸른 빛의
물결의 일렁임을 시는 노래한다.
나는 그 시를 쓴다. 나의 시는
그러나 어떻게 살아왔을까?
어떻게 나의 시는, 나는
살아왔을까? 나는 그리고 삶은

하늘의 먹구름이었을까? 잔주름 이는
시냇물이었을까? 나는 그러나
어떻게 삶을 꽃피울까? 어떻게
나는 살아야 할까?
젊음이란 무엇일까? 가버린
날들이란 그리고 인생이란?
아아, 내 자신이란?
밤의 열정으로 나는 시를 쓰고 삶을
다시 생각한다.
그리고 시를 또 꿈꾼다.
나의 삶은 시가 될 수 있을까? 하고 나는
나를 뒤집어본다.
내겐 성공보다 실패가 더 많았다. 어쩌면
시 또한 내게 굴욕을 안겨주었을는지도 모른다.
모른다, 라는 생각도 해본다.
그러나 내가 아는 것은 시밖에 없다. 나는
시를 통해서 나를 알려 했고
시를 통해서 인생을 연구해왔다.
삶이란 무엇일까, 하고 나는
나의 시에 썼다.

알 수 없는 또 다른 삶을 향하여
나는 시를 쓴다.
삶은 여기 이렇게 있다. 밤과 대낮에서
저녁과 아침으로 좌절에서
희망의 숲으로,
나는 그러나 아직도 습작기에 머물러 있는 것 같다.
무엇을 이것이라고 단정하지 못하고
생래(生來)의 인생으로 쓸려가고 있다.
그리고 항상 출발의 지점에서, 내 자신에게서
떠나는 나를 지켜보아야 했다.
나는 나에게서 떠나와 국가의, 경제의, 시의
언어와 그 욕망에 예속된 시인일는지도 모른다. 언어의
욕망은 존재를 무(無)로 만들고
그 언어의 세계를 무한(無限)으로 이끈다.
시는 그러나 언어에 절망하고
다시 삶을 꿈꾼다.
아니다, 시는 삶을 놓아줘도 언어를 선택한다.
언어는 시의 생명이다. 사전(辭典) 속
내 삶의 처소(處所)는 없었다. 또 여름이
오고 가을은 추억의 뒤편에서
삶의 들고 남을 이야기하고

인간의 역사는 죄와 벌의 순환,
기도가 멈추듯 겨울은 오고
나는 삶의 길을 떠나 먼 여행을 가야 했다.
나는 과거의 시렁 위에서 시를 썼다. 그것은
내 시법(詩法)의 오류였다.
시는 과거에 얹혀 있지 않고 미래의
너울에 가려 있는 것도 아니었다. 시는,
시의 국법(國法)은 현재에 있었다. 그러나
나는 현재를 말할 수 없었다.
나는 과거의 아들이고 미래의 아버지라고
시에 변명했고, 그것은
그러나 받아들일 수 없는 부재(不在)였다.
나는 여기 이렇게 있는데 현재를
말할 수 없다. 그것이 내 시의 조건이었다.
밤이여. 대낮이여. 사랑이여.
죽음이여. 그 모든 시어(詩語)들이여.
그것은 내 시의 조건이었다.

알 수 없는 또 다른 삶을 향하여
나는 그러나 시를 쓴다.
알 수 없는 그 삶은 현재의 나의 시다.

시, 인간의
삶과 죽음을, 비극과 영광을 그것은
그러나 노래하리라.
바다를 향해, 산맥을 향해 그리고
내 자신을 향해 그것은 노래하리라.
자기 자신의 현재의 삶을
그러나 또 다른 삶의 조건을 향하여
노래하리라. 언어로써, 그 모국어로써.
나는 삶을 반성한다. 나는
나, 삶 그것을 맹성(猛省)한다. 나는
드높은 죄악의 탑을 오르기 위해 나선형(螺旋形)의
계단을 최선의 방법으로 생각했다. 죄악의
탑의 정상 언저리에 있는 구름으로 가기 위해, 거기서
내 자신의 얼굴을 내려다보며 또 다른
삶을 생각하기 위해, 아니
나는 그 허상의 신기루(蜃氣樓)를 보려고
내 인생을 찾아다녔다. 삶이여.
나의 이상(理想)인 시여.

알 수 없는 또 다른 삶을 향하여
나는 시를 쓴다.

아아, 나는 이미 내 자신으로서 시를
쓰고 있다. 시는 나를 말하고
나는 시를 말한다.
말은 그러나 내게 빛의 잔영(殘影)이 아니었고
고통의 영상(映像)이었다. 고통은
무당벌레의 흑점처럼 나를 그러나 방어했고
내 자신의 세계에의 욕망을 억제했다.
검고 흰, 붉고 푸른, 주홍과 초록의
원죄(原罪)의 언어여. 나는
얼음에 미끄러지듯 세상 속으로 나아갔다.
20대(代), 30대의 꿈은 벼랑이었고
카멜레온처럼 말의 옷을 바꿔 입으며 나는
현실에 대응했다. 그러나 나의 시엔
그 어떤 색깔도 없음을 나는
오늘에야 알았다. 나는 빛 없는 어둠 속에
떠 있는 별처럼 경제의 나라를 유영(遊泳)했다.
그리고 시를 썼다.
시, 무지갯빛 색깔의 그 언어는 빛 없는
내 삶에 빛을 주면서 또
미래를 향해 나를 밀쳐내었다.
그것이 나의 현재이다. 내겐

그 어떤 정치도, 권력도, 추문(醜聞)도
없다. 나는 결백하다. 백지 위의
얼음처럼 나는 다만 살아 있다.
나는 시밖엔 모른다. 시의 작법(作法) 밖엔.
내 삶엔 죽음의 혐의(嫌疑)가 없다.
나는 다만 살았을 뿐이다. 이렇게
살고 있을 뿐이다.
곰처럼 강아지처럼 귀뚜라미처럼
나는 움츠러들 뿐이다. 언어의 벼랑에서 나는
공포를 느꼈다. 하늘보다 많은 땅의 곡절을
보았고 그때마다 자주 뒤로 물러섰을 뿐이다.

알 수 없는 또 다른 삶을 향하여
나는 시를 쓴다.
움직이지 않는 고독을 비켜서서, 나는
그러나 미국으로 갈 것인가. 월세계(月世界)로
떠날 것인가. 아아, 먼 설국(雪國)으로
가야 할 것인가.

 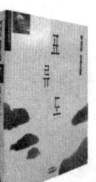